Petra Urban

Von Reben umgeben

RHEIN
MOSEL
VERLAG

RHEIN-MOSEL-VERLAG
Alf/Mosel
Bad Bertricher Str. 12 D-56859 Alf
Tel. 06542/5151 Fax 06542/61158

ISBN 978-3-89801-037-5
Ausstattung: Cornelia Czerny
Umschlagfotos: Irina Fürstenau, Arne Houben
Druck: TZ-Verlag-Print-GmbH Roßdorf

Petra Urban

Von Reben umgeben

Warum ich mir in Bingen ein Haus gekauft habe

RHEIN-MOSEL-VERLAG

Für Patric und Ludwig

Unsere erste Begegnung war genaugenommen die zweite.

Denn außer einem flüchtigen und verhuschten Blick war beim ersten Mal nichts, aber auch gar nichts gewesen zwischen uns.

Ich hatte aus einem fahrenden Zug hinaus geschaut. Nichts weiter. Bleibend allein der Eindruck, dass sie eine von vielen war am Rhein, und nicht einmal die Schönste.

Damals begleiteten mich Mozartklänge. Nicht verwunderlich eigentlich, denn ich war auf dem Weg nach Wien, eine Düsseldorfer Abiturientin auf Klassenfahrt, und in meiner Fantasie bereits mehr in der Donaustadt, als den Mittelrhein entlang.

Bei unserer zweiten Begegnung war ich wieder eine Reisende. Diesmal allerdings mit dem Auto unterwegs, eine Studentin, die im Geiste bereits die bevorstehende Prüfung in Mannheim ablegte.

Auf dem Weg dorthin aß ich in Bingen zu Mittag. Mehr war es auch diesmal nicht.

Zwei Berührungen im Vorübergehen sozusagen. Kaum der Rede wert. Kaum etwas, das zu erzählen lohnt. Geschweige denn, es aufzuschreiben, es in bleibende Worte zu fassen.

Und doch. Im Nachhinein zwei Berührungen, die, wenn auch nicht direkt Spuren, so doch eine Ahnung davon hinterlassen haben, dass mich etwas verbinden könnte mit dieser Stadt.

Etwas, das man zuweilen auch bei Menschen findet, denen man zufällig begegnet. Eine ungewöhnlich tiefe Sympathie für den anderen, obwohl man ihn doch genaugenommen nicht kennt, ein Gefühl des Gleichklangs vielleicht. Eine Art Schwingung, die Zeiten überbrücken kann. Zeiten sogar, in denen man nichts voneinander weiß und hört.

Gar nicht lange nach jenem Mittagessen in Bingen kam etwas Wesentliches in mein Leben, kam mit der Post, und der es brachte, lächelte freundlich und nicht anders als sonst.

Ich aber könnte jenen Augenblick beschreiben, als trüge ich ihn in meinem Kopf spazieren, das Sonnenlicht in meinem Zimmer, als ich den Karton öffne, und der Geruch von Papier, und die Seiten zwischen meinen Fingern, und fast ein Zittern beim Anblick meines Namens auf dem Einband.

Ich hielt mein erstes Buch in Händen. Meine Doktorarbeit. Und gleichzeitig den neu erwachten Wunsch aus Kindertagen, nichts anderes zu sein als Schriftstellerin. Eine also, die mit Worten umgeht, spielerisch und mit Leichtigkeit, und sie aufs Papier tanzen lässt oder auch nicht.

Aber ich bin keine Schriftstellerin in jenen Tagen, auch wenn ich schreibe, bin Journalistin fürs Feuilleton der Westdeutschen Zeitung und träume davon, dass meine Worte irgendwann Luftsprünge machen werden, heraus aus der kleinen und hinein in eine große Form, hinein in einen Roman.

Und dann die Begegnung im Schwarzwald, beim Wandern, mit jenem Menschen, der mir so seltsam vertraut ist, vom ersten Moment an. Und der mir ein Angebot macht, weil er zwei Jahre ins Ausland geht. Und schließlich die Frage, warum nicht etwas ausprobieren, Träume leben, neue Wege gehen.

Und ich verlasse Düsseldorf.

Und es stört mich nicht, dass ein wertvoller Spiegel beim Umzug zerbricht, tanzende Frauen mit wehenden Kleidern, die jetzt in bunten Scherben zu meinen Füßen liegen. Ich lasse sie zurück wie so vieles andere auch.

Und mein Weg führt mich nach Bingen.

Im Oktober komme ich an. Die Wohnung, die mich erwartet, liegt am Rochusberg, in einem Viertel, in dem sich die Häuser vornehm aus dem Weg gehen, beinah so, als fürchteten sie sich vor Berührung, vor gar zuviel Nähe.

Meinen Schreibtisch stelle ich ans Fenster, mit Blick auf die andere Rheinseite, wo die Autos auf der B9 wie

Kinderspielzeug aussehen und erstaunlich nah am Wasser fahren, genau wie die Züge auch, Güterzüge, von denen einige knallrot sind und die ich als gutes Omen betrachte für alles das, was kommen wird in dieser neuen Stadt.

Irgendwer hat mir gesagt, die Gegend hier sei besonders sonnig. Ich aber komme im Regen an. Und es hört nicht auf zu regnen. Tagelang. Wochenlang. Wie ein Schleier liegt der Regen über der Welt. Und der Rhein vor meinem Fenster verhüllt sich, als wolle er nicht, dass ich ihn anschaue.

Ich sitze an meinem Schreibtisch und starre auf das Grau, und obwohl ich den ersten Satz meines Romans längst niedergeschrieben habe, ist keinerlei Freude in mir.

Ich bin mir selber fremd. Und auch diese Stadt ist mir fremd, die so still und unbelebt ist und so eng die Straßen, die eigentlich gar nicht eng sind, mir aber so vorkommen, und die von Tag zu Tag enger zu werden scheinen, so wie die Tage vor meinem Fenster immer kürzer und dunkler werden.

Und je kürzer und dunkler die Tage da draußen werden, umso weniger Worte wollen auf mein Papier, ein jedes sträubt sich, widersetzt sich.

Und es hilft mir auch nicht, dass die Rebhänge auf der anderen Rheinseite wie die linierten Blätter eines

Schulheftes aussehen, leere Zeilen, die nur darauf warten, endlich beschrieben zu werden.

Meine Worte bleiben aus, verstecken sich.

Und auch ich möchte mich verstecken, vor dem so weißen Blatt Papier auf meinem Schreibtisch und vor diesem Winter, der grau und ohne Schnee vor mein Fenster gekommen ist und bereits am Nachmittag eine Dunkelheit verbreitet, wie die Großstadt sie nicht kennt.

Es ist, als wolle dieses Rabenschwarz mich auffressen, mitsamt meinen Worten, meinen ungeborenen, als wolle dieses gähnende Dunkel da draußen mich verschlingen.

Ich sehne mich nach Licht, wie nie zuvor in meinem Leben. Diese Stadt ist eine Gruft. Nichts anderes.

»Komm zurück!«, rät mir eine Freundin am Telefon.

Und eine andere sagt: »Es war keine gute Idee, du solltest Bingen den Rücken kehren; nimm es als Experiment, als gescheiterten Versuch. Glaube mir, du bist ein Großstadtmensch.«

Aber ich mag nicht weggehen von hier, mag meine Träume nicht im Stich lassen und meinen Wunsch zu schreiben nicht verraten.

Also gestatte ich meinen Worten sich zurück zu ziehen und den ersten Winter in der neuen Umgebung zu verschlafen. Ich lasse sie in Ruhe, so wie man einen Igel in Ruhe lässt, der sich, der kommenden Kälte wegen, im Garten unter einem Laubhaufen verkrochen hat. Ab und zu geht man vielleicht nach ihm schauen, aber im Grunde genommen überlässt man ihn sich selber, geduldig wartend und wissend, dass er zu gegebener Zeit von alleine wieder aus seinem Versteck hervorkommt.

Und siehe da, auch meine Worte kehrten zu mir zurück. Langsam zwar und ein wenig steif und unbeholfen, aber immerhin.

Mittlerweile lebte ich seit einem halben Jahr in Bingen. Trotzdem kannte ich die Stadt nach wie vor nicht. Ich war ihr aus dem Weg gegangen. So wie man mitunter Menschen aus dem Weg geht, die man eigentlich sympathisch findet, mit denen man aber dennoch nicht zusammentreffen möchte, weil man nichts mit ihnen zu reden weiß. Es gibt keine Gemeinsamkeiten, keine Schnittmenge. Es gibt nichts, außer eben dieses Gefühl, sich eigentlich zu mögen. Aber das reicht nicht.

Dafür kannte ich alles Sehenswerte in Mainz und in Wiesbaden und entlang des Museumsufers in Frankfurt. Und den kürzesten Weg zur A 61, meine Nabelschnur nach Düsseldorf, den kannte ich natürlich auch.

Die meisten meiner Freunde, die zu Besuch kamen, fanden Bingen spießig.

»Passt nicht zu dir«, sagten sie, »genauso wenig wie diese Postkartenidylle drum herum.«

Am ausdauerndsten schüttelten sie die Köpfe über Rüdesheim, das für sie nach Kitsch und Kegelclub roch.

Trotzdem wollten alle hin, mit dem Schiffchen rüber, rein in die Drosselgasse, mit der Sesselbahn zum »Niederwalddenkmal« hinauf, Kuchen essen, Kaffee trinken, und mit dem Schiffchen wieder zurück. Und anschließend am besten noch die kleine Burgenrundfahrt auf dem Rhein.

Vielleicht habe ich diese »Touristentouren«, wie ich sie heimlich genannt habe, einfach zu oft gemacht in jener Zeit. Ich weiß es nicht. Ich weiß nur, dass ich eines Morgens aufwachte, aus dem Fenster schaute und beim Anblick der Ausflugsdampfer, die wie Schwäne, weiß und majestätisch über den Rhein schwammen, nur noch weg wollte. Ich sehnte mich überall dorthin zurück, wo ich vorher gelebt und wo die Welt nicht so lieblich ausgesehen hatte wie hier. Vor allem nach Wuppertal sehnte ich mich, das mir mit seinen grauen Arbeiterhänden und der quietschenden Schwebebahn plötzlich der Inbegriff urbaner und unromantischer Lebendigkeit zu sein schien.

Aber ich blieb.

Meine Worte hielten mich zurück. Meine treuen, anhänglichen Worte, die aus ihrem Winterschlaf erwacht waren, sich mit den ersten wärmenden Sonnenstrahlen auf meinem Schreibtisch räkelten, und langsam, ganz langsam aus meinen Händen aufs weiße Papier kullerten.

Damals begann ich auf Bingen zuzugehen. Im wahrsten Sinne des Wortes übrigens. Denn bis dahin hatte ich alle Wege, auch die kürzesten, mit dem Auto erledigt. Beinah so, als scheute ich den Hautkontakt mit jener Stadt, die so geduldig auf mich zu warten schien, meine Launen ertrug, meine Flüche schluckte, und die es mir nicht übel nahm, dass ich ihr ständig den Rücken kehrte.

Jetzt aber begegneten wir uns. Allerdings nicht, wie zwei Verliebte, die mit weit geöffneten Armen aufeinander zustürmen, süchtig nach Berührung. Wir benahmen uns eher zurückhaltend, zivilisiert würde ich sagen. Trafen uns auch nicht, wie man erwarten könnte, in der Fußgängerzone, in einem der hübschen Cafés vielleicht. Das wäre zu gemütlich gewesen, zu intim. Wir begegneten uns im Freien, hoch oben auf dem Rochusberg, umgeben von Reben. Denn genau dorthin zog es mich.

Und so lief ich eines Morgens los, Schritt für Schritt, zum ersten Mal die steile Allee hinauf, wo einem die

Füße zwar gehorchen und im Rhythmus bleiben wie es sich gehört, der Blick aber frech seiner eigenen Wege geht, natürlich zum Rhein hinunter und von dort immer weiter, den unglaublichen Fernen und dem so weiten Horizont entgegen.

Bei meinem Aufstieg komme ich mit einer Dame ins Gespräch, einer Hundebesitzerin, Zugezogene, wie ich auch, aber schon seit mehr als dreißig Jahren hier, und so vernarrt in diese Gegend, dass sie sich nicht vorstellen kann, sie jemals wieder zu verlassen. Auch wegen der Weinhandlung würde sie das nie tun, die der Vater damals übernommen hat und die mittlerweile ihr gehört.

»Wein ist etwas Wunderbares«, sagt sie.

Und ich nicke und sage: »Worte auch.«

Und sie schaut mich etwas befremdlich an, mit ihren großen braunen Augen, die den Augen ihres Hundes nicht unähnlich sind, und will wissen, was ich beruflich mache. Und obwohl ich mit dieser Frage gerechnet habe, ja im Stillen sogar gehofft habe, sie möge kommen, überlege ich jetzt einen Moment. Und dann beginne ich einen Satz, verstumme allerdings nach nur wenigen Worten, weil ich plötzlich Bedenken habe, überlege einen weiteren Moment, beginne meinen eben angefangenen Satz von vorn und verstumme erneut. Und dann starre ich zur »Germania« hinüber, ziemlich lange, glaube ich, und sage, bevor die Stille zwischen uns peinlich wird:

»Ich bin Schriftstellerin.«

Und während ich das sage und die »Germania« dabei nicht aus den Augen lasse, als müsse ich mich an ihrer stählernen Stärke festhalten, überlege ich, ob es richtig ist, was ich da gesagt habe, und ob ich es überhaupt sagen durfte.

Ich frage mich, ob ich wirklich Schriftstellerin bin, bloß weil ich nach Bingen gezogen bin und mir vorgenommen habe, hier einen Roman zu schreiben. Oder ob eine Schriftstellerin nicht vielmehr eine ist, die bereits einen Roman geschrieben hat. Ein fertiges Buch in Händen hält, mit mindestens mal zweihundert Seiten und buntem Einband. Ich habe bis jetzt noch nicht einmal vier Seiten meines Romans geschrieben und an einen Einband mit Titel drauf ist gar nicht zu denken.

Das einzige, was ich wirklich habe, (und ich bedaure zugeben zu müssen, nicht einmal diese Formulierung ist allein von mir), ich habe den Willen zum Wort. Hätte ich sonst diesen grauenlangen Winter hier durchgehalten. Wohl kaum. Aber macht dieser Wille allein mich zur Schriftstellerin?

Ich weiß es nicht. Ich weiß es wirklich nicht.

Die Frau hat meine Bemerkung nicht kommentiert. Sie kam nicht dazu, sie musste losrennen, sich um ihr

»Mädchen« kümmern, wie sie mir zurief, jenen riesenhaften, bis dahin freundlich stummen Boxer, der plötzlich empört und laut bellte und Anstalten machte, einem Jogger hinterher zu setzen.

Im ersten Moment war ich enttäuscht über das abrupte Verschwinden meiner ersten Gesprächspartnerin, dann aber spürte ich Erleichterung. Weil es ein bisschen so war, als hätte ich den Satz gar nicht gesagt.

Es war bereits Sommer und ich hatte meinen Bruder mit den Kindern zu Besuch, als mir auffiel, dass ich trotz meiner ausgiebigen Spaziergänge immer noch nichts über die Stadt wusste. Ein einziges Stichwort vielleicht, zu dem ich ein paar kluge Sätze hätte sagen können. »Hildegard von Bingen«. Aber auch nur, weil ich im Studium über Mystikerinnen gearbeitet hatte.

Es war grotesk. Nicht einmal zum »Binger Loch« fiel mir etwas ein. Und auch die zweite Frage meines Neffen, wer denn eigentlich Rochus war, konnte ich nicht beantworten. Und während ich beschämt schwieg, weil ich mich so seltsam ertappt fühlte von diesem Kind,

wie eine Verräterin beinah, eine Verräterin an einer wichtigen und guten Sache, überlegte ich, welche anderen Heiligen mir einfielen. Und ich erzählte ihm von Nepomuk, der mir in Prag auf der Karls Brücke so gut gefallen hatte, und von dem armen Sebastian, der mir, wenn ich mich richtig erinnerte, sehr eindrucksvoll in der Birnau am Bodensee begegnet war.

Aber all das interessierte den Jungen nicht und wenn ich ehrlich bin, interessierte es mich auch nicht, was hilft es, von Heiligen zu reden, denen man irgendwann begegnet ist, wenn man vor Rochus steht und nicht weiß, wer er ist.

Damals beschlich mich das Gefühl, gar nicht richtig wach zu sein, im Gegensatz zu dem Kind an meiner Hand mit offenen Augen zu schlafen. Mehr noch, ich hatte das Gefühl, gar nicht anwesend zu sein. So wie es einem manchmal am frühen Morgen, nach dem Aufstehen, ergeht, wenn einen die Träume der Nacht noch derart gefangen halten, dass man von seiner Umgebung kaum etwas mitbekommt.

Es war ein Zustand, der mich irritierte und der unmöglich damit zu tun haben konnte, dass ich nicht wusste, wer dieser Rochus ist. Dennoch nahm ich mir vor, sein Leben nachzuschlagen. Und ich tat es auch. Wühlte in Büchern, als wäre er mein verschollener Bruder, den es zwischen den Seiten wieder zu finden galt.

Und so war Rochus der erste, mit dem ich Freundschaft geschlossen habe in Bingen. Und wer weiß, vielleicht war es kein Zufall, dass ich mir einen Heiligen ausgesucht hatte.

Dieser Sommer damals war unglaublich. Es gab Tage, da saß ich an meinem Schreibtisch und die Worte flossen nur so aus mir heraus. Manchmal hatte ich das Gefühl, eine Stimme würde sie diktieren, unermüdlich, und ich musste nur zuhören und mich beeilen, um alles niederzuschreiben, jedes Wort, jeden Buchstaben.

Natürlich kamen auch wieder andere Tage. Tage, an denen ich mit verschränkten Armen übers schneeweiße Papier hinweg aus dem Fenster starrte, die Wagons der vorbeiratternden Güterzüge zählte und mich über jede willkommene Ablenkung da draußen freute.

Lieferwagen, die sich offensichtlich verfahren hatten und in den Weinbergen wendeten oder Wanderbaustellen, die dafür sorgten, dass sich die Autos vor den Ampeln in bunten Schnüren auffädelten, um sich dann ganz von selbst wieder auseinander zu ziehen.

Der Himmel in jenem Schreibsommer zeigte sich wochenlang blau. Regen gab es nicht, denn die wenigen dunklen Wolken, die sich von Norden heranschoben, drängten weiter rheinaufwärts. Die Welt vor meinem Fenster war trocken wie Löschpapier und die Wege in den Weinbergen staubig.

Bis zu meiner Ankunft in Bingen hatte ich Weinberge nur aus der Ferne gekannt, von meinen Fahrten in die Schweiz, wo sie einem in der Gegend um Alzey herum ins Auge springen, ob man will oder nicht, weil sie plötzlich wie ausgerollte Teppiche entlang der Autobahn liegen.

Ich habe mich nie gefragt, ob ich sie eigentlich schön finde oder nicht. Sie waren mir gleichgültig, wie vieles andere Flüchtige auf Urlaubsfahrten auch.

Jetzt aber sah ich die Weinberge mit neuen Augen. Weil ich sie aus der Nähe und mit Ruhe betrachtete. Und ich empfand eine gewisse Sympathie für diese sorgsam aneinander gefügten Reben, die so ordentlich, in schnurgeraden Reihen dastanden und mich an die Worte auf meinem Papier erinnerten, die sich ähnlich diszipliniert benahmen und es nicht zuließen, dass irgendwer von ihnen aus der Reihe tanzte.

Trotz der großen Hitze in jenem Sommer zieht es mich beinah täglich in die Weinberge, auf den Rochusberg. Als würde ich dort etwas finden, was ich an meinem Schreibtisch vergebens suche.

Ich laufe auf Wegen, die bei jedem Schritt stauben und dort, wo sie asphaltiert sind, regelrecht in der Sonne schmoren. Kaum jemand, der mir begegnet in dieser flimmernden Hitze, dieser riesigen Helligkeit, die wie ein Gewicht auf allem liegt.

Schatten gibt es nicht. Nirgendwo.

Was sich mir am meisten einprägt, neben der unglaublichen Hitze, sind diese kleinen roten Käfer, die mir ständig vor die Füße laufen, und die mich amüsieren, weil sie meist zu zweit kommen und aussehen, als würde einer den anderen schieben. Ein Freund nennt sie »Franzosenkäfer«. Warum weiß ich nicht, er hat es mir nie verraten, aber seitdem tragen sie diesen Namen auch bei mir.

Wenn Besuch kommt, gehört ein Spaziergang auf den Rochusberg mittlerweile zum Pflichtprogramm. Und jedes Mal schwärme ich beim Anblick der ausufernden Rebenhänge und verteidigte sie gegen den Vorwurf langweilig und nichtssagend zu sein, eintönig eben wie jede Monokultur.

»Was ist daran faszinierend?«, fragt eine Freundin.

Und ich sage: »Es ist ein bisschen wie am Meer.«

Und sie sagt »Quatsch!«

Und ich sage: »Doch!«

Und sie sagt noch einmal »Quatsch!«

Und dann drehen wir uns um und sprechen von etwas anderem, weil wir wohl beide keine Lust verspüren, über eine Landschaft zu streiten.

Aber ich empfand tatsächlich ein Gefühl von Grenzenlosigkeit, wenn ich unter dem weiten Himmel der

Weinberge spazieren ging. Weil sich mein Geist hier so genüsslich ausdehnte und die Gedanken es ihm nachmachten und mit jedem Schritt der Enge des Kopfes entflohen. Und während ich immer dieselben Wege ging, langsam und nie überstürzt, in einem Tempo, das den Atem gleichmäßig und ruhig fließen lässt, wie etwas, das genügend Zeit und es gar nicht eilig hat, kamen mit dem Gehen erstaunlicherweise Worte. Worte, die mir am Schreibtisch fehlten, weil ich zu ungeduldig war mit ihnen, ihr Kommen nicht erwarten, sie vielmehr zwingen wollte aufs Papier. Aber sie mochten keinen Druck, genauso wenig wie ich selber.

Inmitten der Weinberge aber, wo ich sie niemals bedrängte und auch nicht zerrte an ihnen, kamen sie zurück zu mir, meine treuen, anhänglichen Worte, purzelten mir förmlich entgegen und machten Luftsprünge direkt in meine Taschen hinein. Und Zuhause konnte ich sie dann herausholen und manchmal war immer noch eins da, obwohl ich dachte, ich hielte längst das letzte in Händen.

Nach Düsseldorf fuhr ich immer noch. Regelmäßig. Und eigentlich viel zu oft. Ich hatte mich seltsam aufgeteilt zwischen den beiden Orten. In Bingen saß ich am Schreibtisch und in Bingen ging ich spazieren. In Düsseldorf aber lebte ich, traf mich mit Freunden, saß in Kneipen herum, ging ins Kino und ins Theater, und in die Altstadt zum Einkaufen ging ich auch.

Und kaum fuhr ich über die Fleher Brücke wieder hinaus aus der Stadt, befiel mich Wehmut, weil ich den Rhein verlassen musste, der hier so vertraut und so ganz anders roch als in Bingen.

Meine Mutter meinte, ich könne selbst beim Autofahren nicht verleugnen, wo ich mich mehr Zuhause fühle.

Und ich musste ihr Recht geben. Nach Düsseldorf fuhr ich rasant und auffallend schnell. Zurück aber, in Richtung Hunsrück, schien mein Fuß das Gaspedal nicht zu finden.

»Das ist ja super!«, sagt eine Freundin am Telefon.

Und ich sage: »Finde ich auch.«

»Und was steht drin?«, fragt sie.

Und ich sage: »Darüber rede ich nicht.«

»Und warum nicht?«, fragt sie.

Und ich sage: »Weil ich in der Spannung bleiben muss.«

»Verstehe!«, sagt sie.

Und tatsächlich verlor sie kein weiteres Wort darüber.

Ich hatte sie angerufen, weil das erste Kapitel meines Romans fertig war.

Sechzig Manuskriptseiten, die auf meinem Schreibtisch lagen. Und die ich, seit sie dort lagen, fein säuberlich gestapelt und eigentlich gar nicht auffällig, immerzu anstarren und in die Hand nehmen musste. Ich glaube, ich habe sie so oft gelesen, dass ich bei meinen Spaziergängen durch die Weinberge ganze Passagen aus dem Kopf hätte zitieren können. Natürlich tat ich das nicht. Obwohl ich an manchen Tagen derart begeistert war von meinen Worten, dass ich sie am liebsten gesungen hätte. So wie man früher bei der Weinlese auch gesungen hat, und sicherlich aus einem Gefühl der Freude heraus und nicht, weil die Arbeit so schwer und mühsam ist.

In jener Zeit, in der ich so wunderbar eins war mit meinen Worten, verließ ich leichtfüßiger als gewöhnlich das Haus. Und es war dieser leichte, fast schon beschwingte Schritt, der mich eines Tages in die Stadt hinunter führte.

Wie ein Tourist habe ich mich dort umgesehen. Gehe zur Burg Klopp hinauf und durch den dicht bewachsenen Burggraben wieder hinunter, laufe an der Basilika St. Martin vorbei und hinüber zum Nahe-Ufer, wo die Häuser auf der anderen Seite erstaunlich südländisch anmuten, und von dort gehe ich zum Rhein, mit Gruß zum Mäuseturm, und die Promenade entlang und wieder zurück zur Basilika. Und es gefällt mir, wie sich die

Stadt gleich an zwei Flüsse anschmiegt, und doch nur einen, bescheiden wie sie ist, im Namen trägt.

Das erste Geschäft, das ich betrete, ist eine Metzgerei. Hell und einladend, mit großer Glastür, und dem Geruch von gebratenem Fleisch dahinter. Kaum bin ich drinnen, beschleicht mich ein beklemmendes Gefühl, und ich möchte am liebsten wieder hinauseilen, mit meinem federnden Schritt, um mich in der Fußgängerzone rasch unter die Leute zu mischen, von denen viele tatsächlich Touristen sind.

Aber ich stehe an der Wursttheke und komme an dem Lächeln der Bedienung nicht vorbei. Sie ist blond, gut geschminkt und mit blütenweißer Schürze. Das aber irritiert mich nicht. Weiße Schürzen findet man schließlich häufiger in Metzgereien und gut geschminkte Gesichter auch. Mich irritiert der so herzliche Gruß bei meinem Eintreten. Und dass die Frau mit dem freundlichen Lächeln mir von einer Kundin erzählt, die ein Auto in der Glücksspirale gewonnen hat.

»Ist das nicht toll?«, fragt sie.

Und ich nicke.

»Ich habe noch nie etwas gewonnen«, sagt sie und redet weiter mit diesem leichten Singsang in der Stimme und mit einer Selbstverständlichkeit, als würde ich schon immer in ihren Laden kommen und nirgendwo anders als hier mein Fleisch einkaufen.

Und während ich zuhöre und der freundliche rote Mund unermüdlich plappert, schäme ich mich plötzlich. Schäme mich, weil ich schon so lange in Bingen lebe und die Stadt noch mit keinem Blick gewürdigt habe.

Als der Herbst kommt, vergleiche ich ihn mit dem Sommer. Und er gefällt mir fast noch besser, mit seinen wachsenden Schatten vor meinem Fenster und diesem Licht, dass so mild und beinah golden aussieht und sich in glitzernden Fäden zwischen die Reben legt.

Der Himmel in den Weinbergen scheint über Nacht noch größer und weiter geworden zu sein.

Mit schweren Maschinen wird jetzt gelesen. Höllenmaschinen, denen ich aus dem Weg gehe. Denn sie schnaufen und fressen sich durch den Wein hindurch wie nimmersatte Tiere. Und dem Fahrer, der so winzig klein und hoch oben auf ihrem Kopf thront, traue ich nicht zu, dass er sie wirklich unter Kontrolle hat.

Wo die Maschinen nicht sind, wird von Hand geerntet. Aber kaum jemand, der singt bei der Arbeit. Dafür überall das Rumpeln der Trecker, die Berge von Trauben wegfahren.

Das Ganze ist wie ein Spuk. Und als er vorbei ist, herrscht wieder Ruhe auf meinen Wegen.

Aber wie vorher ist es trotzdem nicht. Denn die Reben sehen seltsam gerupft aus. Und sie lassen ihre Blätter hängen, die gelb und rot werden und runzlig und faltig und manche durchschimmernd wie ganz alte Haut. Und andere leuchten, als wollten sie dem Himmel mit ihrem eingefangenen Licht imponieren.

Die Leichtigkeit meiner Sommer-Schritte hatte ich wieder verloren. Und auch die Leichtigkeit an meinem Schreibtisch war wie weggeweht. Zwar saß ich dort, Tag für Tag, aber ohne Worte. Ich guckte der Sesselbahn zu, wie sie silbern glänzende Gondeln zum Niederwalddenkmal hinauf schickte, und ich beobachtete die Ausflugsgruppen dort oben, die kamen und gingen wie Ebbe und Flut.

Mit meinem zweiten Kapitel ging es überhaupt nicht voran. Die Geschichte in meinem Kopf stockte.

Dafür lernte ich auf meinen Spaziergängen sehr nette Hundebesitzer kennen. Manchmal verabredete ich mich sogar mit ihnen und wir liefen gemeinsam ein Stück durch den Wald.

Die Frau mit dem Boxer traf ich fast täglich. Sie wusste mittlerweile von dem Roman, den ich schreibe. Das Wort »Schriftstellerin« allerdings nahmen wir beide nicht in den Mund.

Wir sprachen viel von Städten, die wir schon bereist hatten und wenn ich von Düsseldorf redete, redete sie von Bingen.

Und immer warf sie das Bällchen, das der Hund ihr vor die Füße legte.

Einmal sagte sie zu mir: »Ich stelle es mir schwierig vor.«

Und ich sagte: »Ist auch schwierig.«

»Und warum sind Sie dann hergezogen?«, fragte sie.

»Aus Liebe«, antwortete ich.

Und sie nickte und seufzte und lächelte erst ihren Hund und dann mich an.

»Die Jahre zwischen Dreißig und Vierzig sind die besten«, sagte sie.

»Aus Liebe zum Wort«, fügte ich hinzu und wiederholte den Satz noch einmal im Ganzen. »Ich bin aus Liebe zum Wort hierher gezogen.«

»Ach so!«, sagte sie und warf das Bällchen.

Und dann sagte sie noch: »Die Liebe macht alles möglich, sie erlöst vom Alten.«

»Du bist schon genauso spießig wie Bingen selbst«, schimpft mir ein Freund am Telefon ins Ohr.

Er ist ungehalten, weil ich nicht zu seiner Ausstellung nach Düsseldorf kommen will.

Aber in Bingen ist Rochusfest. Und ich habe dem Heiligen versprochen dabei zu sein, und zwar die ganze Woche lang, jeden Tag und zum Abschlussgottesdienst auch.

»Man nennt das eine Oktav«, sage ich.

Der Freund schnaubt in den Hörer.

»Du bist spießig!«, sagt er erneut.

»Nur weil ich in Bingen auf den Berg pilgern will?«, frage ich.

»Ja«, antwortet er.

»Aber das hat Goethe auch schon gemacht«, sage ich.

Und er sagt: »Goethe hat alles schon gemacht. Goethe ist überhaupt kein Maßstab.«

Und dann will er wissen, ob ich mein zweites Kapitel endlich angefangen habe.

»Nein«, sage ich, »immer noch nicht. Mir fällt nichts ein im Moment.«

»Kein Wunder«, sagt er.

Gegen Ende des Herbstes fließen endlich wieder Worte auf mein Papier und es ist wie eine Erlösung.

Die Weinberge vor meinem Fenster sind mittlerweile kahl und die »Germania« steht verlassen da, keine Gondeln, keine Touristen, nichts als gähnende Leere, Wehmut und Abschied.

Obwohl ich mein zweites Kapitel begonnen habe, fahre ich häufig nach Düsseldorf. Einmal bleibe ich nur wenige Stunden, weil ich mich eigentlich langweile und lieber schreiben will, als ziellos durch die Stadt zu laufen und Besuche zu machen.

Meine Romanfiguren finden das auch, sie tanzen mir im Kopf herum, unterhalten sich und verraten mir, was sie gern tun würden.

Meine Mutter schaut mich ratlos an, als ich in ihrer Küche sitze und ihr wie in Kindertagen beim Bügeln zugucke.

»Ich glaube, dir graut vor dem Winter in Bingen«, sagt sie.

»Meinst du?«, frage ich.

»Aber ja«, sagt sie.

Und sie hat Recht.

Mir graut tatsächlich vor meinem zweiten Winter in Bingen. Ich fürchte mich vor der Dunkelheit, der Stille in meinem Kopf und der Einsamkeit in der Weinbergen.

Eine Freundin bietet mir an, sie auf Lanzerote zu besuchen. Und eine andere schlägt vor, wieder zum Wandern in den Schwarzwald zu fahren.

Aber ich mag nicht verreisen. Mag meinen Schreibtisch nicht im Stich lassen und auch nicht meine Romanfiguren, die dort mittlerweile zu Hause sind und die mich brauchen.

Und so bleibe ich in Bingen.

Und als der Winter kommt, sieht er ganz anders aus, als ich es erwartet habe. Denn er bringt Schnee mit und Sonne und jede Menge Frost, und benimmt sich wie ein Zuckerbäcker, der die Nächte durcharbeitet, um sein Werk in der Früh auch ja vollendet zu haben. Mit den ersten Sonnenstrahlen sieht die Welt wie verzaubert aus, mit Eiskristallen überzogen und nichts ist ausgelassen, jede Rebe ein Kunstwerk und sogar die Drähte mit Eis ummantelt.

In jenem Winter gehe ich täglich in die Stadt hinunter. Hole mir Bücher aus der Bibliothek und kaufe meine Zeitungen jetzt in dem kleinen Schreibwarenladen, der am Weg liegt, und nicht mehr, wie bisher, an der Tankstelle. Und ich beginne mit den Leuten zu reden. Einfach so. Wo und wie es sich gerade ergibt. Keine langen Gespräche. Keine großen Themen. Mehr ein kurzes Plaudern im Vorübergehen. Momentaufnahmen eben. Und doch Kontakte, die meinen Schritt beschwingen. Und je beschwingter ich durch die Straßen laufe, umso mehr Ideen kommen mir, was ich alles machen kann in diesem Winter, in dieser Stadt.

Und ich verabrede mich mit Bingen.

Wir treffen uns in Cafés und in Weinstuben, aber auch zu Vorträgen, Ausstellungen und zu Konzerten. Und einmal treffen wir uns sogar im Kino. Zur Spätvorstellung. Und es ist dieser Lichtspiel-Abend, der unsere Beziehung verändert.

Es passierte nicht im Kino, da war ich noch zu sehr mit dem Film beschäftigt, aber auf dem Nachhauseweg. Bingen war müde und recht schweigsam, schläferte bereits ein wenig, und ohne den Glockenschlag der Basilika wäre es wohl gänzlich verstummt und vielleicht sogar eingenickt an meiner Seite und unter diesem riesigen schwarzen Nachthimmel, der voller Sterne hing.

Ich lausche dem so leisen und gar nicht aufgeregten Atem dieser Stadt und laufe langsam nach Hause. Ich habe es nicht eilig in dieser Nacht, in der ich mich so wohl und so seltsam geborgen fühle zwischen all den Häusern, die mir mittlerweile vertraut sind und Gesichter haben, lächelnde und mürrische, und die ihren Blick auf Straßen richten, die mir ebenfalls nicht mehr fremd sind. Und ich merke es deutlich. Obwohl wir uns seit einem Jahr kennen, die Stadt und ich, ist dies der Anfang unserer Freundschaft.

Der Sommer lag bereits schwitzend über der Stadt, als diese Freundschaft auf eine harte Probe gestellt wurde. Meine Mutter war gestorben. Und es war die Erinnerung an sie, die mich jetzt wieder und immer wieder nach Düsseldorf zog.

Tagelang bleibe ich dort. Besuche den Stadtteil, in dem wir früher gelebt haben, und wo ich an ihrer Hand zum ersten Mal Rollschuh gelaufen bin, streiche um die Häuser herum und suche nach vertrauten Namen auf den Klingelschildern. Finde sie aber nicht. Genauso wenig wie die Erinnerungen, die ich auf Spielplätzen und Schulhöfen suche.

Bingen lässt mich ganz in Ruhe in dieser Zeit.

Als wolle es sich nicht einmischen in meine Vergangenheit und mir die Freiheit lassen, eine Entscheidung zu fällen.

Eine Freundin spricht aus, was mir im Kopf herum geht.

»Warum bleibst du nicht einfach hier?«, sagt sie, »du hast doch jetzt eine super Wohnung mitten in der Stadt. Mach Schluss mit Bingen.«

An jenem Abend fuhr ich überraschend zurück. Es war bereits kurz vor Mitternacht. Meine Freundin verstand mich nicht. Und ich verstand mich auch nicht. Aber ich fuhr dennoch.

Irgendetwas drängte mich.

In Stromberg verließ ich wie immer die Autobahn und war bereits durch Weiler hindurch, als ich in jene Kurve einbog, wo der Blick sich so plötzlich und völlig überraschend nach allen Seiten hin weitet und Bingen einem zu Füßen liegt. Ein Anblick, der noch jedem meiner Besucher, auch denen, die hartnäckig auf die Stadt schimpften, begeisterte »Ah's! und »Oh's!« entlockte.

Ich fahre also um jene Kurve, wie so oft schon, höre laut Musik, um wach zu bleiben, und schaue auf die erleuchtete Stadt hinunter. Und obwohl alles wie immer ist, ist alles doch ganz anders. Denn plötzlich ist meine Müdigkeit wie weggeflogen und ich bin hellwach und fühle mich seltsam leicht, wie befreit von einer großen drückenden Schwere, und möchte die Hände vom Steuerrad los und in die Höhe reißen und möchte die Arme ausbreiten und das Fenster öffnen und laut singen vor Freude.

Denn ich habe das Gefühl, nach Hause zu kommen. Zum ersten Mal.

»Lange nicht gesehen«, sagt die Frau mit dem Boxer.

»Ich war in Düsseldorf«, erzähle ich und auch vom Tod meiner Mutter und von der Wohnung, erzähle ich, die jetzt mir gehört.

»Man soll im Leben nicht zurück gehen«, sagt die Frau.

Ich nicke.

Und weil der Hund mir so artig sein Bällchen vor die Füße legt, hebe ich es auf und werfe es den Weg hinunter.

»Als Schriftstellerin können Sie natürlich überall leben«, sagt sie.

Und ich starre dem Bällchen hinterher, das eilig davon rollt, und staune. Staune, weil sie das Wort »Schriftstellerin« gesagt hat und es aus ihrem Mund so selbstverständlich klingt. Und ich kann nicht glauben, dass sie mich meint.

Aber sie meint mich. Denn sie schaut mich an und lächelt.

Erst im Winter kehre ich an meinen Schreibtisch zurück. Meine Romanfiguren fremdeln und es dauert Tage, bis wir uns wieder aneinander gewöhnt haben.

Dann aber lasse ich sie nur noch selten allein. Manchmal schreibe ich bis tief in die Nacht hinein. Und wenn ich endlich ins Bett gehe, kann ich trotzdem nicht schlafen, weil die Figuren in meinem Kopf keine Ruhe geben.

Und eines Nachts ist es dann soweit. Ich schreibe den letzten Satz. Mein Roman ist fertig.

»Kommst du jetzt nach Düsseldorf zurück?«, fragt meine Freundin.

»Ich weiß nicht«, antworte ich.

»Aber du hast doch die Wohnung hier«, sagt sie.
»Ja, schon«, erwidere ich.
»Was überlegst du dann noch?«
»Ich weiß nicht«, sage ich.

Bingen muss meine Unentschlossenheit gespürt haben.

Denn es überrascht mich eines Morgens mit einer Idee. Das Haus ist alt, sehr alt sogar und steht in einer Gasse, die nicht breiter ist, als einen Meter. Ich glaube, es ist die schmalste und kürzeste Gasse der Stadt.

Ich sehe das Foto nur durch Zufall und mehr oder weniger im Vorbeigehen, weil ich stehen bleibe, um ein paar Worte mit jemandem zu reden, der gerade aus der Bank kommt.

Kleines Stadthaus, lese ich. Zu verkaufen.

Und obwohl das Foto in dem Schaukasten blass und nichtssagend ist und der Ausschnitt unvorteilhaft groß gewählt, trete ich näher heran und wundere mich. Wundere mich, weil man das Haus förmlich suchen muss auf der Abbildung. Denn es versteckt sich zwischen den anderen Häusern, duckt sich ängstlich, scheint wenig selbstbewusst und bemüht, sich noch kleiner zu machen, als es eh schon ist.

Am nächsten Tag muss ich es nicht mehr suchen. Ich sehe es sofort. Und am übernächsten auch. Und die ganze Woche über führt mich mein Weg jetzt zu ihm. Und ich betrachte es ausdauernd und immer wieder und fange an, am Telefon von ihm zu reden. Und wenn ich durch die Weinberge laufe, sehe ich es im Geiste vor mir. Und gehe sogar hinein und gucke aus dem Fenster in die Gasse hinunter. Und es ist mir seltsam vertraut. So, als würde ich es kennen. Lange schon. Eigentlich immer schon.

Der Mann in der Bank bittet mich Platz zu nehmen. Er lächelt und parliert mit Leichtigkeit. Er ist gerade aus dem Urlaub zurückgekommen. Sein Gesicht ist braungebrannt, sein Hemd blütenweiß. Er duftet bis über den Schreibtisch hinweg.

»Das Haus ist wild romantisch«, sagt er.

»Und was heißt das?«, frage ich.

»Nun ja«, sagt er und schaut auf seine gepflegten Hände und ich habe das Gefühl, dass ihm auf einmal die Worte fehlen. »Das Objekt ist sehr alt«, sagt er.

»Kann ich es anschauen?«, frage ich.

»Aber natürlich«, sagt er.

»Jetzt?«, frage ich.

Er scheint erstaunt, überlegt, blickt lange auf seine goldene Armbanduhr und nickt schließlich.

Das Haus ist dunkel. Und es riecht alt und nach verflossener Zeit. Aber es riecht nicht muffig, obwohl es leer steht. Lange schon, wie ich höre. Die Möbel sind alle fort, die Wände kahl. Nur ein Schlüsselbrett hängt in der Diele, gegenüber vom Eingang, schmiedeeisern, vielleicht vergessen, genau wie die alte, rostige Säge im Keller und die eingemachten Kirschen, Gläser, die ordentlich beschriftet im Regal stehen und genauso alt sind wie ich. Im Hof, an einer blauen Wäscheleine, klammert ein Fetzen Spültuch, ein dreckiger kleiner Wimpel aus längst vergangenen Küchentagen.

Mein Begleiter geht dem Läppchen ängstlich aus dem Weg. Wie auch der Regentonne, die in der Ecke unterm Fenster hockt. Der Mann hat Sorge seinen hellen Mantel zu beschmutzen. Und ich verstehe ihn, Möglichkeiten gibt es genug in diesem Haus, das so eng und so niedrig ist, und einen ständig berühren will.

Ich glaube, er ist froh, als wir wieder draußen sind.

Am nächsten Tag bittet er mich, allein in das Haus zu gehen.

»Aber gern!«, sage ich und nehme die Schlüssel samt seinem duftenden, braungebrannten Lächeln entgegen.

Und es ist ein so gutes Gefühl, diese fremden Schlüssel in der Hand zu halten, mit ihnen durch die Stadt zu laufen und in der schmalen Gasse mit dem holprigen Kopfsteinpflaster die in die Jahre gekommene Holztür damit aufzusperren. Und es ist ein so gutes Gefühl, allein in dem Haus zu sein und es zu riechen und zu berühren, und die Fenster zu öffnen, damit die Zimmer einmal von Herzen durchatmen können.

Und während sie gierig die frische Luft einsaugen, flaniere ich durch die Räume, die Hände auf dem Rücken verschränkt, wie jemand, der intensiv nachdenkt beim Gehen. Und ich fantasiere ein wenig, lasse Wände verschwinden, damit die Zimmer sich ausdehnen können, befreie die Holzdielen vom grünen Teppichboden, und den Innenhof, der grau und schmutzig ist wie brackiges Wasser, lasse ich in Weiß erstrahlen und gleichzeitig erblühen. Hortensien und Veilchen in dicken Kübeln und wilden Wein und Clematis die Mauern hinauf. Und meinen Schreibtisch stelle ich vor das Fenster dort. Mit Blick in den Hof. Und es gefällt mir, dass der Blick hier so eingefangen und konzentriert im Inneren ist und sich nicht, wie oben am Berg, in der Weite der Landschaft verlieren kann.

Und im Geiste sehe ich mich bereits hier sitzen, an meinem Schreibtisch, umgeben von meinen Büchern, und ich schaue in den Hof hinaus und suche Worte und finde sie auch.

Und obwohl ich noch mit niemandem darüber gesprochen habe, weiß ich es längst.

Und das Haus weiß es auch.

Bereits am nächsten Tag ist Besuch aus Düsseldorf da. Zwei gute Freundinnen.

»Tu das bloß nicht!«, sagt die eine.

»Das ist Wahnsinn!«, sagt die andere.

Ganz steif stehen sie da. Starren das schmiedeeiserne Schlüsselbrett an und rühren sich nicht von der Stelle. Als gäbe es Krokodile im Haus, die bei der kleinsten Bewegung zuschnappen könnten. Auch die Gesichter wie erstarrt. Und kein einziges gutes Wort, das ihnen über die Lippen kommt. Kein einziges wohlwollendes Nicken. Und als ich sie endlich dazu bewegen kann, mir nach oben zu folgen, ziehen sie auf der Treppe die Köpfe ein, als wären wir plötzlich in einem Schneckenhaus gefangen.

Und immer noch kein Lob. An keiner Stelle. Nur Mängel. Tatsächlich nichts, was ihnen gefällt. Noch nicht einmal der Brunnen im Keller mit dem glasklaren Wasser über den Kieseln und die uralte schwarze Pumpe im Hof, die doch nun wirklich besonders und originell ist.

Nichts gefällt ihnen.

Ich lasse sie reden. Schaue nach wie vor mit meinen Augen und schweige. Und auch das Haus schweigt. Zusammen legen wir eine erstaunliche Ruhe an den Tag, eine geradezu wundersame Gelassenheit.

Es kommen noch mehr Freunde. Das Interesse an meiner Idee ist groß. Aber kein einziger darunter, der mir zum Kauf des Hauses rät. Alle sind dagegen. Zu eng, zu alt, zu wenig Komfort. Viel zu wenig Komfort. Und die Außentreppe im Hof eine Katastrophe, geradezu mittelalterlich.

Am Ende macht nicht einmal der Mann von der Bank ein besonders glückliches Gesicht, als ich ihm sage, dass ich das Haus kaufen will. Erst als wir über den Preis verhandeln, findet er sein Lächeln wieder.

Zum Notar ziehe ich eine schwarze Lederjacke an. Und eine neue Frisur habe ich auch.

Das Ganze dort ist wie eine Zeremonie. Feierlich und aufregend. Und ich genieße jedes Wort und jede Unterschrift, und dass im Kaufvertrag das Wort »Schriftstellerin« steht, das genieße ich auch.

Und anschließend laufe ich mit all meinen neuen Papieren in der Tasche auf den Rochusberg und bleibe immer wieder stehen und betrachte die Stadt zu meinen Füßen und den Himmel, der heute so klar und weit ist und so riesig über ihr und mir.

Auf dem Nachhauseweg kommt mir die Frau mit dem Boxer entgegen.

»Gratuliere«, sagt sie.

Und ich bedanke mich, hebe das Bällchen auf, das der Hund mir vor die Füße legt, und werfe es den Weg hinauf.

Angekommen.